ROBERT VEYSSIÉ

LES AILES OUVERTES

Poème Dramatique en 3 Actes, en Prose

PARIS

ÉDITIONS DE LA RENAISSANCE CONTEMPORAINE

LES AILES OUVERTES

ROBERT VEYSSIÉ

LES AILES

OUVERTES

Poème Dramatique en 3 Actes, en Prose

PARIS

Édition de " LA RENAISSANCE CONTEMPORAINE "

41, Rue Monge, 41

1912

Ouvrages de Robert Veyssié

ROMANS

Deux Pailles au Torrent (couverture illustrée par A. Thillier)
2ᵉ édition.. 1 vol.

Grain de Foule (Illustration par A. Thillier, préface
d'Alphonse Roux) 2ᵉ mille.............................. 1 vol.

POUR PARAITRE :

Au désert d'un Cœur................................... 1 vol.

POÉSIES

Houles et Sérénités (édition ornée d'une héliogravure :
portrait de l'auteur, d'après un fusain d'Albert
Thillier. — Avant-Propos de Paul Vérola) 2ᵉ mille 1 vol.

Les Tressaillements. Poésies de la chair et de l'esprit
(Illustration d'U. Brunelleschi).................... 1 vol.

POUR PARAITRE :

Les Tressaillements (Troisième livre) Poèmes de ce
siècle.. 1 vol.

ESSAIS DE CRITIQUE

POUR PARAITRE :

Les Quinzaines Poétiques. Etudes sur quelques poètes
contemporains (1910-1911)........................... 1 vol.

L'Œuvre et Pensée d'Edouard Schuré (en collabora-
tion avec Alphonse Roux) .... 1 vol.

THÉATRE

Un Crépuscule (Poème dialogué), joué pour la première
fois à Paris, par le THÉATRE D'ETUDE.............. Epuisé

Bohémienne (trois actes en prose). Musique de scène. 1 pl.

Les Ailes ouvertes (trois actes en prose). Musique de
scène .... 1 vol.

INÉDIT :

La Princesse Bonté (légende dramatique en trois actes, en prose)..................................... Livret

Vers Demain, Triptyque en vers. Musique de scène.

DÉDICACE

Ce drame n'a pas été joué. Aujourd'hui, les rampes s'allument pour d'autres drames. Il faut que ce soit ainsi — et il faut attendre. Il faut attendre que ce qui meurt avec fracas soit mort.

Le désarroi qui passe passera. Regardons.

Les Ailes ouvertes ont négligé l'adultère et l'hystérie bourgeoise. Ce drame apporte une tentative idéaliste. Tenter de mettre en harmonie, dramatiquement, l'idéalisme et la vie, voilà l'effort que contiennent ces trois actes, très simples.

Puis ils essaient — non de superposer, non de juxtaposer la musique à l'action ; — mais d'allier, de mêler intimement la musique à l'action ; la musique n'est pas, ici, le vêtement du drame, elle est un de ses éléments essentiels. Ainsi peut se renouveler et se compléter l'âme de la poësie dramatique.

Je dédie les Ailes ouvertes à mes adversaires.

R. V.

PERSONNAGES

PATRICE LUBUR, pêcheur, 50 ans, aux deux premiers actes.
Vieillard au troisième (en mendiant).

FRANCK LUBUR, son fils. 20 ans, aux deux premiers actes.
27 ans, au troisième.

LE VOYAGEUR, directeur d'un théâtre.

L'INGÉNIEUR.

LE PÊCHEUR JEAN-LOUIS, à la cantonnade.

LUCIA, femme de Patrice Lubur, 40 ans, aux deux premiers actes.

CHRISTIANE, 20 ans, aux deux premiers actes 27 ans, au troisième.

Voix de la forêt. Voix de la mer

La musique se mêle intimement à l'action

ACTE PREMIER

ACTE PREMIER

PREMIER DÉCOR

Coin de forêt. Une clairière s'ouvrant, au fond, sur une plaine où coule une rivière.

On aperçoit, au second plan, sur le bord de la rivière, une cabane de pêcheur. Des filets sèchent dans les basses branches. C'est au commencement du printemps.

A droite, un sentier se perd dans la forêt. Au premier plan, un terre-plein, jonché de grosses racines, de roseaux coupés et de quelques troncs d'arbres.

— Un murmure musical précède le lever du rideau.

— Le paysage sommeille dans la demi-clarté du matin.

Des formes sombres et voilées sont accroupies, çà et là.

— Au lever du rideau, la musique s'accentue et la clarté s'affirme. Une à une, les formes sombres et voilées se lèvent et disparaissent silencieusement. Une seule demeure, re-

culant pas à pas, s'accrochant aux arbres et semblant lutter contre la clarté et la musique du matin.

— Alors, Franck, le fils du pêcheur Lubur, s'avance à gauche. Le soleil est levé. La forme sombre et voilée a disparu.

Un rayon de soleil descend sur le fils du pêcheur, qui s'assied sur une racine d'arbre et tresse des nasses d'osier. Près de lui, des filets, des cordes, des pioches.

Des clartés jouent sous les branches. L'harmonie s'est élargie. Tout le soleil éclate sur la clairière et toute la musique de la forêt bruit, avec des échos, des appels, des chants d'oiseaux.

ACTE PREMIER

—

SCÈNE PREMIÈRE

FRANCK LUBUR, *seul*

FRANCK LUBUR, *se redressant dans un sursaut et rejetant les osiers*

Qui parle ?... Qui m'appelle ?... Je vous entends tous, et jamais je ne vous ai vus. Qui êtes-vous ?... Approchez que je vous comprenne avec mes yeux et mes doigts. Vous existez, puisque vous causez avec moi et que tantôt vous pleurez comme je pleure, tantôt vous chantez comme je chante. (*A genoux*). Je vous en supplie, venez me voir ; ne craignez rien... Je vous devine, mais je souffre de ne pouvoir connaître votre visage ni prendre vos mains. Puisque vous vivez, et que je vois bien tout ce qui est vivant, il n'est pas possible que je ne vous entrevoie point... Si vous vouliez ! si vous vouliez !...

*(Pendant qu'il parle ainsi, les voix de la fo-
rêt se sont apaisées. Franck se relevant, douloureusement).* Je suis sans doute trop pauvre, trop ignorant. Patrice Lubur, mon
père, n'est qu'un pêcheur, et moi... moi, je
suis moins qu'un pêcheur, je tresse mal les
nasses, je tends mal les filets, je conduis mal
la barque ; je ne sais que vous écouter et vous
parler ; mais je ne sais pas vous voir !... *(Il
s'assied sur la racine et reprend les osiers.
La forêt est silencieuse. Il délaisse les osiers,
prend une corde, une pioche, une pelle et
s'apprête à s'éloigner, tristement. Soudain,
un rayon lumineux traverse les branches,
dont les feuilles font entendre de clairs fris-
sons. Franck, ravi, laisse tomber corde, pioche et pelle, et s'élance vers la clarté).* Te voici, te voici, blanche, souple. Tu ressembles
à cette jeune femme que je vis, un matin, se
baigner nue dans la rivière. Ton front n'a
pas une ride, ton sourire est un ciel s'éveil-
lant entre deux aurores, ton regard n'a pas
une ombre, ta voix est une source qui coule
sur des cailloux polis... Tu es la chanson
que j'ai dans mon cœur... *(Un autre frisson s'élève, plus divers et plus nombreux
dans un autre coin de la forêt. Franck court
vers ce frisson, puis, appuyé contre un arbre,
désignant un espace deviné)* Vous voici tou-

tes, je vous vois, enfin, toutes les couleurs !
Comme vous êtes nombreuses et jolies ! Vous
fleurissez une à une sur les fleurs. Vous êtes
les parures que mes yeux donnent aux voix
de mon cœur... (*Une musique profonde oc-
cupe à nouveau toute la forêt, et une égale
lumière se répand sous les branches. Franck
monte sur un tronc d'arbre et renverse la
tête, comme pour boire l'harmonie et la lumière, les bras en extase. Sa voix s'élève sur
le thème musical de la forêt*). Oui ! je t'aper-
çois. Tu es grave et tranquille... Dans ton
regard, il y a des étoiles... Quelque chose qui
ne meurt pas et que je ne saurais dire parfu-
me ton haleine... Je te vois... Tu es plus belle
que le plus beau ciel sur notre rivière. Tu es
plus amoureuse que notre forêt, et tu viens
d'au-delà du soleil. Tu es ce qui gonfle mon
front. Si j'étais savant, oh ! comme je saurais chanter ce que tu es ! Tu es l'éclair, tu
es le rayon, la joie, le plein soleil, la forêt
silencieuse, la forêt qui parle, le soir en priè-
re, le matin qui prédit ; tu es le tronc puissant d'un chêne ; tu es la rivière qui ne tarit
pas... Tu es divine ! (*Etreignant son
front*). Oui ! ton baiser, là, donne-moi ton
baiser... Toi l'invisible, toi la pensée !

   (*Il tombe à genoux sur le tronc d'arbre,
tandis que la musique profonde de la forêt
va s'affaiblissant*).

SCÈNE II

FRANCK LUBUR. — PATRICE LUBUR. — LUCIA

(Patrice Lubur et sa femme Lucia portent sur leurs épaules des filets qu'ils viennent faire sécher. Ils s'arrêtent en apercevant leur fils. Patrice Lubur le désigne avec colère à sa femme. Franck ne soupçonne pas leur présence).

PATRICE LUBUR, *jetant brusquement ses filets*

Franck ?... Propre à rien !... Que fais-tu encore ! Pourquoi n'es-tu pas sur la barque, à pêcher ? Alors, nous trimons, nous suons, ta mère et moi, pour que durant toute la longueur du jour tu te croises les bras, à l'ombre, au frais, assis sur ton derrière comme un chien gavé... Ça finira, Franck ; il faut que ça finisse...

LUCIA, *étendant les filets et l'interrompant doucement*

Patrice, un coup de main, là ! c'est lourd !

PATRICE

Qui te parle à toi, la femme ! Appelle donc
à ton aide ton grand dadais, si c'est lourd !

FRANCK LUBUR, *se hâtant vers sa mère*

Je vous aiderai de tout mon cœur, ma
mère.

PATRICE, *maugréant*

Il t'aidera ! il t'aidera !... oui ! (*Examinant
les osiers*). Il a tressé trois brins, trois
brins !... Ça fait pitié ! (*Examinant les pioches*). Il n'a pas touché à ça, non plus.
Mais que fait-il là-dessous toute la grande
journée ! Ah ! propre à rien de propre à
rien ! (*Appelant*). Franck ?

FRANCK

Mon père.

PATRICE

As-tu creusé où je t'avais dit ?

FRANCK

Non, mon père.

PATRICE, *furieux*

Non ! non... il me dit non ! Et nous, scélé-
rat, regarde nos mains, nos vêtements, nos

fronts. Nous n'en pouvons plus. Il y a cinq heures que nous tirons des filets, que nous ramons, que nous geignons. Mais toi... toi ! tu dormais sous les branches. Tu chantais, peut-être ! Dis-moi donc aussi que tu chantais !

FRANCK

Mon père, c'est toute la forêt qui chantait. Pardonnez-moi. Son chant m'éblouit, m'entraîne, m'égare... Je ne sais plus... Oui ! j'ai tort. C'est vrai, je devrais aller avec vous, ne pas écouter la forêt... Pardon ! (*Se tournant vers sa mère*). Mère, pardonnez-moi ! Si vous saviez...

LUCIA, *l'attirant sur son sein*

Mais oui ! je te pardonne, mon pauvre petit Franck !

PATRICE

Non pas ! Il a des bras solides, un torse musclé. Ah ! femme, c'est toi qui l'as adouci comme une fille ! Tu écoutes toutes ses sornettes. Il te raconte des histoires de brigand ; tu t'efforces de les croire ; tu l'encourages à te les raconter ; tu le pousses à les fabriquer, au lieu de lui dire : Allons, travaille ! la vie est chère ; on vit de pain ; il faut de l'argent. Non ; il rêve, il bâille, il se promène, il cause avec on ne sait trop quoi, par là, là-haut... Il devient fou. Tu le rendras fou, si tu l'écoutes... (*A Franck*). Eh bien, moi, ton père, entends-tu, je t'ordonne de gagner ta vie, d'apprendre ce que vaut un sou, un morceau de pain, un verre de boisson, un lambeau de terre. Tu travailleras, tu traîneras les filets, tu hâleras la barque, tu rameras, tu radouberas ; je le veux, tu ne remettras jamais plus les pieds dans cette forêt maudite !

FRANCK, *douloureusement*

Mon père !

PATRICE

Qu'oses-tu dire ? Moi, j'ai sué, toute ma vie... Ah ! ah ! ta forêt, ta forêt ! tes broussailles et tes arbres, toutes ces poussées en révolte que j'abattrai un jour, tout ça c'est inutile et ça t'apprend à être inutile... Je la hais, ta forêt.

FRANCK

Mon père...

PATRICE

Tais-toi ! Elle t'a rendu bête. Elle t'a fait des yeux d'idiot qui vous fixent sans vous voir, un front pâle comme un drap de cercueil, des mains de paille... Ta forêt... c'est une garce ! Si je t'y revois, je la brûle, tu m'entends, je la brûle... (*Il saisit une pioche et la brandit avec menaces*).

LUCIA, *se plaçant devant son fils*

Patrice, songe que le soleil monte, qu'il faudra gagner le logis et que tu veux, auparavant, t'occuper de ta trouvaille.

PATRICE, *s'apaisant*

Ma trouvaille... (*Son visage s'illumine*). Oui ! ma trouvaille, une vraie trouvaille !... (*A Franck*). Tâche de m'obéir... (*A lui-même*). Il faut creuser ; je ne suis pas trop sûr encore d'avoir trouvé... (*A Lucia et à Franck, désignant les osiers*). Pour ne pas perdre de temps, vous, travaillez ! (*Il s'éloigne, emportant une pioche et se parlant à lui-même*). Hein ! si c'était ça tout de même ?

SCÈNE III

FRANCK LUBUR. — LUCIA

(Ils s'asseyent sur une grosse racine et tressent des osiers).

LUCIA, *contemplant son fils silencieux*

Mon fils ?

FRANCK

Ma mère.

LUCIA

Tu l'aimes donc bien, ta forêt ?

FRANCK

Il y a deux êtres que je voudrais enclore entièrement dans mon cœur, vous et la forêt.

LUCIA

Donne-moi ton front ? (*Franck penche son front vers elle*). Comme il est grand ton front ! Regarde-moi ?... Tes yeux, mon fils, ont bu de la lumière... Parle-moi... (*Elle se met hâtivement à tresser des osiers*).

FRANCK, *tressant aussi des osiers*

Je ne dois plus irriter mon père. Mon père a raison. Je dois travailler, puisque je mange ma part de votre pain.

LUCIA

Il a raison, c'est vrai. Mais je suis bien sûre que tu n'es pas un paresseux. Il y a sous ton front comme des printemps qui frémissent. Tu vois des clartés que tous ne voient point. Tu entends des prédictions où les autres n'entendent que des bruits. Tu n'es pas un paresseux, parce que tu cherches à lire dans le ciel bleu comme dans un livre ouvert, à comprendre les voix de la forêt comme les paroles des prières que je t'ai apprises, et que cette recherche est un travail dur, long, ingrat, qui te prend toute ton âme et toute ta force... Parle-moi...

FRANCK, *poursuit un instant son travail, puis prenant les mains de sa mère et les baisant*

Ma mère ! je vous aime. L'âme que vous m'avez faite est à vous. Et toute ma force je voudrais l'employer à vous rendre heureuse.

LUCIA, *se levant*

Cher enfant... Tu as épousé, mon Franck,

une beauté qui est jalouse. Je ne la connais point, mais je la devine. Tu la berces dans ta pensée. Elle prendra toute ta vie. Pour elle, et malgré toi, tu oublieras mon baiser.

FRANCK, se jetant à genoux, aux pieds
de sa mère

Mère ! Même si mon front se rapprochait du ciel et le comprenait, dans toute ma joie, dans mon plus grand triomphe, jamais je n'oublierais votre baiser.

LUCIA

Je le demande à la Vierge, mère du Christ... Si tu deviens un grand homme, mon fils, un jour, après ta vie peut-être et que les autres hommes, apprennant ce que tu auras lu dans le ciel bleu, couvrent ton nom de lauriers, mon cœur, enseveli dans la mort, en sera fier... Mais tu es, mon enfant, le fils d'un pêcheur ; ne l'oublie jamais... Oh ! ne l'oublie jamais, durant ta vie...

(Elle baise le front de son fils, tandis qu'un frisson lent et tendre, commencé avec ses premières paroles, traverse la forêt).

SCÈNE IV

LES MÊMES. — PATRICE LUBUR

PATRICE LUBUR, *appelant à la cantonnade*

Lucia !... Eh ? Entends-tu ?...

LUCIA

Qu'y a-t-il ?

PATRICE, *s'avance, portant des pioches
et des sacs*

Pour ne pas perdre de temps, cours donc lever nos trois nasses en amont de l'île aux Colombes... Mets le poisson au frais, surtout... (*Lucia s'éloigne en regardant son fils*). Après, tu nous feras la soupe... et, après... nous verrons...

LUCIA, *à Franck, avant de disparaître*

Franck, tu m'accompagneras ?...

PATRICE, *vivement*

Non ! laisse-le ! J'en ai besoin... (*Elle disparaît. Patrice examine les tresses d'osiers. A Franck, qui tresse silencieusement*). Vous

n'avez pas fait grand travail, à ce que je
vois... Ah ! ta mère te perdrait, garnement.
Si je n'avais pas l'œil et la poigne pour te
mâter, tu finirais sur les routes, en chantant
des ritournelles qui endormiraient les bonnes
gens. Allons ! debout ! (*Franck se lève do-
cilement*). Prends ces pioches et ces sacs !
Oh ! ne crains rien, nous n'allons pas te
creuser un lit et y jeter de la mousse, pour
que tu puisses y bâiller mieux à ton aise.
(*Tendant à Franck une pierre à aiguiser*).
Tes pioches sont rouillées de ne rien faire,
aiguise-moi ça ; la terre est dure où nous allons, et il faudra la creuser jusqu'aux en-
trailles.   Ce n'est pas sur ton nez en admiration devant les nuages que les sacs d'écus
tomberont... (*Frappant la terre de son talon*). C'est celle-là, vois-tu, cette vieille ren-
tière, qui est riche. Elle cache des fortunes.
Sais-tu ce que c'est que des millions ? Eh
bien, c'est le bonheur, c'est la force, c'est
tout à soi ; un homme qui possède ça peut ce
qu'il veut. (*Abaissant la voix, en confidence*). Nous allons creuser, par là... Un coup de
pic donné, comme ça, quasiment au hasard... (*Avec plus de précaution*). C'est un
rude secret... Tu verras... Etre millionnaires ! Entends bien ça ! être des maîtres ;
avoir des maisons à nous, des domestiques,

des châteaux, des gens qui nous salueraient jusqu'à terre... Hein, qu'en dis-tu ? Tes pioches sont aiguisées ?

FRANCK

Oui mon père.

PATRICE, *poursuivant son idée*

Je n'ai soulevé que de la tourbe ; mais faut voir, aller plus avant, creuser, creuser tant qu'il faudra (*Désignant la terre*) jusqu'au cœur de cette richarde pour lui prendre sa richesse. En creusant comme des démons, vois-tu bien nous pouvons découvrir... (*Se ravisant et frappant amicalement sur l'épaule de Franck*). Seulement, chut, pas un mot...

FRANCK

Mais, êtes-vous sûr...

PATRICE

Hein ? (*Haussant les épaules*). Allons vite ! vite ! Nous perdons du temps... Si je pouvais en trouver tout de suite, aujourd'hui... en voir, en tenir dans mes mains... (*Dans un grand éclat de rire*). Es-tu content ?

FRANCK

Votre joie ne saurait m'attrister. Mes pioches sont aiguisées, mon père. J'ai les sacs et les pelles. Je vous suis...

PATRICE, *avec une bonhomie narquoise*

Oui. Tu aimes mieux regarder en l'air... Allons, tant pis pour toi... Rira bien... Ah ! ah ! oui !

(Ils se mettent en route. A ce moment une sorte de longue plainte étouffée remplit la forêt. Franck Lubur s'arrête, tandis que son père, tout à son idée, poursuit son chemin, à gauche...

Alors, une jeune femme s'avance, parmi les arbres, à droite. Ses vêtements sont en désordre, elle est couverte de poussière, son visage est livide).

———

SCÈNE V

FRANCK LUBUR. — CHRISTIANE. — PATRICE LUBUR

CHRISTIANE, *d'une voix épuisée*

J'ai faim ! J'ai soif !

FRANCK LUBUR, *avec pitié*

C'est vous qui pleuriez dans la forêt ? Vous êtes le chagrin, peut-être ?

CHRISTIANE, *tombant presque à ses pieds*

J'ai soif ! (*Elle sanglote*).

FRANCK, *jetant pioches et sacs, s'agenouille et la fait boire à la gourde qu'il porte au côté*

Ne pleurez pas ! Ici les oiseaux chantent. Il y a de la musique dans les feuilles...

PATRICE LUBUR, *appelant, furieux*

Franck ? où es-tu ? Franck ? Ah ! c'est trop fort !... (*Il apparaît à gauche*). Que fais-tu ? (*S'approchant, stupéfait, puis mena-*

çant). Je vous y prends... Ah ! tes conversations dans la forêt, tes paresses, tes histoires... (*Il le menace de sa pioche*).

CHRISTIANE

J'ai faim !...

FRANCK

Je vous en prie, père ! Cette étrangère est arrivée, par là, soudain... Elle est tombée ici, sur l'herbe... Elle n'en peut plus... Elle doit venir de très loin... Regardez ses vêtements, son visage...

(*Franck la soulève doucement et l'adosse au tronc d'arbre*).

CHRISTIANE

Pitié ! Il y a huit jours que je fuis... J'ai faim !

(*Franck prend derrière le tronc d'arbre quelques figues et quelques fruits qu'il tend à Christiane*).

PATRICE

Tout ça, c'est bien... Mais le soleil monte... (*A Christiane*). D'où viens-tu ?

CHRISTIANE, *d'une voix hachée*

De très loin... D'une ville... J'ai quitté mon père... ma maison...

PATRICE

Pourquoi cette folie, petite ?

CHRISTIANE, *d'une voix douloureuse, d'abord ; puis avec fièvre*

Je suis orpheline. Mon père est riche. Je l'aimais beaucoup... Oh ! je l'aime beaucoup, toujours. Mais, pour nous enrichir encore, il voulait me faire épouser un homme très riche. Et cela... je n'ai pu faire cela ! Cet homme, je ne l'aimais pas. Il n'avait plus d'âme, plus de cœur ; mais un rire et des yeux vils comme une bête. Oh ! l'argent ! l'argent ! J'ai lutté... J'ai été torturée... J'ai supplié. Tout fut vain. J'allais être obligée de me vendre. Non ! non ! J'ai supplié ; j'ai supplié... Et puis, j'ai fui... J'ai failli ne plus aimer mon père !... J'ai fui... Mon père chéri, il y a quelque chose de plus durable, vois-tu, que cet argent, de plus puissant que cet argent qui te rend martyr, qui te trompe, c'est le cœur d'une femme que nul argent, non, non, non, n'achètera jamais ! oh ! argent démon, argent maudit... (*Elle s'affaisse, épuisée*). Mon père !

PATRICE, *rudement*

Tu es une égarée. Ton père a raison. Tu blasphèmes... oh ! la jeunesse ! (*Réfléchissant*). Soit. Nous t'abriterons. Mais, tu sais, ici nous sommes pauvres, et nous travaillons ferme pour devenir riches. Nous t'occuperons. Tu nous aideras. Tu travailleras. Tu vois ces osiers, ce sera ta besogne. (*A Franck*). Toi, apprends-lui sans tarder comment on fabrique nos nasses. Pendant qu'elle tressera, au moins tu nous suivras, ta mère et moi. La forêt poussera bien sans toi... **A** l'ouvrage ! Pour ne pas perdre de temps, je vais là-bas, où tu sais... Et toi, avec tes pioches et tes sacs, tu me rejoindras, et vite... ou gare ! (*Il s'éloigne*).

SCÈNE VI

FRANCK LUBUR. — CHRISTIANE

*Christiane, adossée au tronc d'arbre, le front
dans ses mains, pleure silencieusement*

FRANCK LUBUR, *doucement*

Ne pleurez plus... Vous avez soif ?... Je
vous ferai un lit de mousse, voulez-vous ? Ne
voyez-vous point comme l'ombrage est clair
et caressant... Avez-vous toujours faim ? Les
oiseaux vont chanter, et les brises de la forêt
flotteront dans les branches, en chuchotant
comme des fées... (*La musique de la forêt se
met à chanter*). Ne pleurez plus... Ces arbres
sont à vous, ce coin, cette rivière sont à
vous... Vous serez seule et tranquille. Cependant... si parfois, je passe sous ces branches, ne craignez point ! Je viendrai pour
causer avec la forêt... (*Christiane le regarde
avec une attention croissante et peu à peu se
soulève*). Votre cœur sera bercé doucement,
doucement. Vous serez heureuse. Vous ver-
rez fleurir les jacinthes, les iris, les violettes,
les églantiers, toutes les fleurs, toutes les

plantes. Vous entendrez des voix, de jolies
voix qui ressembleront aux voix de vos com-
pagnes. Vos yeux se réjouiront des beaux
matins, des beaux soirs, des beaux ciels, des
beaux nuages, des beaux soleils, des belles
étoiles... (*Christiane est levée et l'écoute avec
ravissement. Franck, laissant tomber son regard sur elle, la contemple un instant, puis
se jette à ses genoux*)· Mais... vous... vous
aussi vous êtes belle... belle comme les choses que je rêvais et ne pouvais voir... belle
comme la musique qui descend de mes arbres, comme la lumière qui coule parmi les
feuilles, comme les couleurs qui glissent sur
les ciels du matin et du soir... belle comme
ce que je pensais et ne pouvais dire... Tu es
belle, tu es la beauté... Quel est ton nom ?

CHRISTIANE, émue

Christiane...

FRANCK, *se relevant et la prenant par la
main, en l'entraînant*

Christiane... Viens ! Le pêcheur Franck
veut montrer à toute sa forêt comme tu es
belle !

RIDEAU

ACTE DEUXIEME

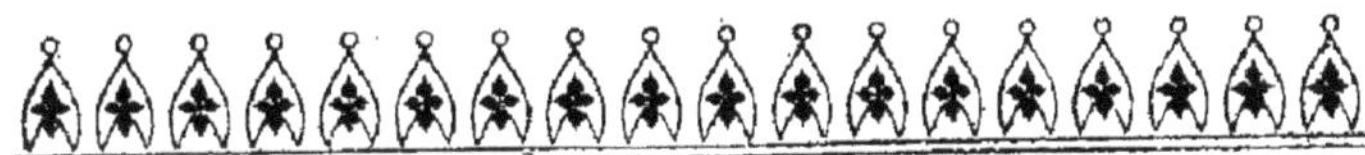

ACTE DEUXIÈME

Une cabane de pêcheur en profil, à gauche, s'adosse à une futaie dans laquelle est pratiquée un sentier. Elle est précédée d'un rond-point qu'abritent des toiles tendues sur des perches.

A droite, des ajoncs.

Au 2ᵉ plan, la rivière, une barque.

Au fond, un horizon découvert.

C'est vers le soir. Pendant cet acte la lumière s'incline peu à peu vers le crépuscule.

SCÈNE PREMIÈRE

FRANCK LUBUR. — LUCIA

(Les ajoncs et la rivière bruissent. Franck Lubur saute de la barque, des filets sur les épaules. Il vient les pendre au long de la cabane. Lucia apparaît sur le seuil).

FRANCK, *allant joyeusement à elle*

Ah ! la bonne journée, mère ; une pêche miraculeuse ! Il y a du poisson plein la barque. J'ai les bras brisés... (*Sur un geste de sa mère*). Vous savez bien que, désormais, je me réjouis de toutes mes besognes. J'aime à pousser la barque, à tirer les nasses, les filets, sous le grand ciel, à m'entourer d'eau, de vent, de soleil, à sentir une immense vague battre mes tempes et ma poitrine -...

LUCIA

Tu es heureux ?

FRANCK

Comme elle est bonne à vivre, notre vie de pêcheurs ! (*Il baise le front de sa mère*).

LUCIA

Tu n'es pas trop las, tout de même ?

FRANCK

Vous ne m'entendiez donc point chanter en plein courant ? Je suis trop gai pour être las... Mais où est Christiane ?

LUCIA

Elle est sur les berges, par là, en aval,

coupant des osiers. De temps à autre, le vent m'apporte sa chanson. Puisque tu étais en amont, le vent devait aussi t'apporter cette chanson ?

FRANCK, *souriant*

Oui, avec celle des ajoncs.

LUCIA

Bénie soit cette chanson, mon Franck, puisque depuis le jour où elle te fut révélée, la joie de vivre s'est épanouie dans ton cœur... (*Se rapprochant tendrement de Franck*). Et depuis ce jour, mon fils, Christiane est un peu ma fille...

FRANCK

Mais oui, Christiane n'est-elle pas ma grande sœur ? (*Il regarde vers les ajoncs où Christiane se trouve, puis soulève les filets qu'il étend et répare*).

LUCIA

Qui sait, mon beau pêcheur, qui sait ? (*S'asseyant et cousant des vêtements de pêcheur*). Quand tu étais petit, je te contais des contes pour t'amuser. Aujourd'hui que tu es grand, et que ton âme a fleuri, écoute quand même ce conte de fée... comme si tu étais petit... Une fois, dans une forêt, au bord d'une rivière, le fils d'un pêcheur tressait des osiers. Ce jeune homme était pauvre et ignorant. Cependant beaucoup de ciel s'étendait dans son cœur et des pensées merveilleuses planaient dans son cerveau, comme des grands oiseaux d'azur. (*Au loin s'élève la chanson des ajoncs*). Alors survint près de lui une fée qui portait dans son âme des mots nombreux, des harmonies, des légendes, des enseignements. Cette petite fée était la science de dire la pensée...

  (*On entend, lointaine, la voix de Christiane qui chante, avec la chanson des ajoncs*) :

> *Epouse, brode pour son cœur*
> *La trame claire du bonheur !*
> *Epouse, brode pour son âme*
> *Une trame d'or et de flamme !*
> *Courbant un rameau lumineux,*
> *Couronne de tes doigts pieux*
>   *L'époux vainqueur !*

(*Franck Lubur, délaissant ses filets, a regagné pas à pas la barque en écoutant la chanson*).

  LUCIA, *au moment où il va s'éloigner*

Franck ? j'ai à te dire la fin de mon conte... Cette petite fée...

FRANCK, *l'interrompt en souriant*

Eh bien ! je sais ! Cette petite fée, c'est elle, Christiane... Sa voix, ses regards, ses paroles, m'enchantent chaque jour. Chaque jour, son âme se pose sur une beauté nouvelle qu'elle me fait découvrir. Il me semble que ses mains prennent mes yeux et les portent devant des choses splendides qui étaient là, ici, partout, qui m'entouraient, et que moi, pauvre ignorant, je ne comprenais pas. Il lui suffit de laisser son haleine effleurer mon front pour que les vérités... toutes les vérités qui ensoleillent l'azur, m'apparaissent. C'est vrai, je vois, je comprends beaucoup plus de ciel depuis qu'elle est là. Elle est la musique et la parure de mon rêve. Elle a donné l'essor à toutes les ailes de mon cœur... (*S'apprêtant à pousser la barque*). Va, j'écoute ta chanson. Chante, petite fée, chante, ta chanson pousse ma barque et rend mes bras robustes...

LUCIA, *qui s'est avancée vers lui en portant des filets*

Et voici la fin de mon conte : cette petite fée prit le cœur du pêcheur dans son cœur. Ils s'aimèrent... et oublièrent les autres...

(*A ce moment Christiane, dans le loin-*

tain, reprend les premiers vers de sa chanson. Très doucement la chanson des ajoncs chante jusqu'à la fin de la scène).

FRANCK, *après avoir écouté un instant la voix lointaine de Christiane, indécis*

Pardonnez-moi ! Ce n'est pas vous aimer moins, mère, que d'aimer Christiane... c'est, voyez-vous, remplir mon cœur de deux amours qui font un ciel entier... Vous le voulez bien, n'est-ce pas ? Elle est douce et bonne, Christiane. Elle vous aime, ma mère. Elle sera votre fille tout à fait...

LUCIA, *lui tendant les bras, puis se tournant vers la futaie*

Elle revient ta Christiane... Ecoute ! J'entends des pas.. Mon fils j'unirai vos mains... (*Soudain effrayée*). C'est ton père qui revient de la ville ! Puisse ton père vous bénir aussi !

SCÈNE II

LES MÊMES. — PATRICE LUBUR

PATRICE LUBUR, *l'air satisfait, allant à eux
qui restent hésitants*

Eh bien ? Vous ne me demandez rien ?...
Que disiez-vous ?... Eh bien ?... Je reviens
de la ville... Parlez !... (*Dans un éclat de
joie exaltée*). Eh bien ! c'est fait ! Je la tiens,
je la tiens la richesse ! Oui, fini de cette barque, fini de cette masure, de ces filets, de
tout ça !... Nous sommes riches, mes enfants,
riches ! Ça vous étonne ! Riches ! (*A Franck*)
Ça te surprend, toi, grand propre à rien !
T'imagines-tu que je t'ai attendu pour déni-
cher les écus, benêt ! J'ai creusé, pioché,
fouillé, remué, tout seul, durant des jours,
la nuit aussi, parfois... Ça y est ! je l'ai trou-
vée, la mine de charbon. Je la possède. Elle
est à moi. (*Saisissant les filets et faisant le
geste de les jeter dans la rivière, puis les jetant contre la cabane*). Plus besoin de toute
cette ficelle qui vous fait trimer comme une
brute et ne gagne même pas votre pain !
Adieu la pêche, la peau trempée jusqu'aux

os, la misère... (*A Lucia et à Franck, avec prudence*). Ecoutez-moi : je viens de la ville. J'ai vu des gens riches, des savants, des ingénieurs. Je leur ai dit ma trouvaille. Ils m'auraient presque embrassé. Ils m'ont bien reçu, ils m'ont choyé ; ils ont même dit que je rendais un fier service au monde... Alors, l'affaire s'est réglée, là, sur l'heure, à mon avantage... Je suis propriétaire de la mine. Ça m'est bien dû... Ils vont venir. Ils la mettront en rapport. Et nous aurons de l'or plein nos poches... (*Allant vers la cabane et la frappant du poing*). Par terre, ces planches de misère. A cette place une grande maison blanche en belles pierres. Des jardins, des domestiques, des voitures... Et Patrice a dans sa tête un tas de projets, des combinaisons... Ah ! Ah ! on va pouvoir vivre, enfin !... L'ingénieur vient demain. Un brave cœur, pas fier, un richard pourtant. Il m'a tapé sur l'épaule comme un vrai compagnon... (*A Franck, goguenard*). On lui offrira notre dernière friture, hein !... Va lever les filets, pour la dernière fois de ta vie, mon gars... Oui, mais faudra travailler tout de même, pas grand'chose : des chiffres, de l'argent à compter... Ah ! Ah !... Va, va vite. Rapporte-nous tous les filets et toutes les nasses... Riches, mes enfants, riches !... On brûlera les filets, la barque, les nasses, les cordes, pour faire un grand feu de joie...

LUCIA, *inquiétée par ces paroles*

Tu n'as pas faim, Patrice ?

PATRICE, *sans l'entendre*

Pardieu ! Les Lubur sont millionnaires !... (*Soudain, à Franck qui douloureusement s'éloigne, hésitant*). Dis donc ?... Et surtout rapporte le poisson, que nous le mettions au frais... Il y a huit nasses à lever... Lève-les doucement. Et trois filets qui sèchent dans l'île aux Colombes... Prends garde de les déchirer... (*Après une courte réflexion*). Dis-donc ?... Non... j'irai moi-même, à la nuit tombante, c'est moi qui irai, comme d'habitude... Tiens, emporte plutôt les pioches et va près de la clairière, tu sais où... Je reprends mon costume de bure, et je te rejoins. Faut creuser encore, là-bas, mettre du charbon au jour, (*presque à voix basse*) s'assurer... (*A Lucia*). Lucia, donne-moi mon costume de bure... Et apporte-moi un pichet de boisson...

(*Franck s'éloigne silencieusement en emportant des pioches*).

SCÈNE III

PATRICE LUBUR. — LUCIA. — CHRISTIANE

PATRICE LUBUR, *rangeant des filets, des nasses, des cordes, puis appelant*

Lucia ? (*Lucia revient apportant le costume et le pichet*). La pêche a-t-elle donné aujourd'hui ?... (*Il endosse la vareuse de bure*).

LUCIA

C'est la meilleure de toute l'année... Franck en était tout joyeux. (*Lui tendant le pichet*). C'est vrai, Patrice, que tu veux brûler nos nasses, nos filets, nos...

PATRICE, *l'interrompant*

On verra ça ! (*Il boit à même le pichet*). Y a-t-il encore beaucoup de cette boisson là ?

LUCIA

C'est le dernier pichet. (*Elle se dispose à préparer la soupe*).

PATRICE

Faudra en refaire... Elle était bonne... Tiens, donne-moi ma pipe ? (*Lucia la lui apporte*). Dis-donc, Lucia, faut que je te cause ?

LUCIA, *s'occupant à faire la soupe*

Cause Patrice...

PATRICE

Tu nous fais une bonne soupe, au moins... avec un bon morceau de lard, hein ?... Ecoute Lucia. Voilà... J'ai une idée... L'ingénieur qui viendra demain est riche, très riche. Il est cousu d'or. C'est pas à dédaigner, vois-tu Lucia... Oui, j'ai une idée... Il a une fille, une fille jolie comme une fleur... Je l'ai vue... On dirait une marquise, tu sais, une grande demoiselle... Un brin de fille comme ça, ça ferait rudement honneur à des beaux-parents... J'y ai songé... J'ai parlé de Franck, sans en avoir l'air... Hein ? qu'en dis-tu, Lucia ? Quand on a un grand dadais à marier !... Un mariage comme ça... Qu'en dis-tu ?

LUCIA

Peut-être... Mais, es-tu sûr...

PATRICE

Sûr de quoi ! Pardieu ! si je suis sûr que
ton propre à rien épouserait des écus !...
oui, j'en suis sûr !

LUCIA

Es-tu sûr que la demoiselle...

PATRICE, *vivement*

Veuille de mon fils, quoi ! Voyons, la
femme, Franck est un beau parti, sache-le ;
Franck est le fils unique du propriétaire des
mines de charbon ; Franck aura des millions. Et oserais-tu dire que c'est un gaillard
mal tourné, notre gars ?

LUCIA

Alors... parlons-en à Franck...

PATRICE

Ça, quant à lui, ça lui arrive d'être ni-
gaud... mais, tout de même ! Ce mariage li-
gote l'affaire, comprends-tu ? nous entrons
comme chez nous chez des gens riches. Ça
augmente les revenus d'autant... Et puis,
enfin, c'est pour son bonheur !

LUCIA

Mais... si son bonheur... Tu te souviens
pourquoi...

PATRICE

Tais-toi, avec tes raisons ! Le bonheur,
c'est d'être riche. Avons-nous été heureux
nous, hein ? à ronger notre pain dur et à vivre là comme des maudits ! Tais-toi ! A tant
m'en dire, tu me ferais croire que tu n'y vois
pas clair...

LUCIA

C'est que, Patrice, au contraire, j'ai vu et
surtout j'ai compris...

PATRICE

Qu'as-tu vu ? qu'as-tu compris ?

LUCIA

Ce qui est... Oh ! c'est bien naturel ! Le
fils d'un pêcheur, pêcheur lui-même, habi-
tué à vivre parmi les ajoncs, à voir le vent
caresser les feuilles, le soleil épouser la terre, les colombes s'aimer... eh bien ! Patrice,
vois-tu, aime comme il doit aimer, tout sim-
plement, selon son cœur...

PATRICE

Mais... Franck ?...

LUCIA

Franck !...

PATRICE

Parle, tu sais des secrets !

LUCIA

Non, point des secrets. J'ai vu ce que je n'ai pas été étonnée de voir, et ce que tu aurais pu voir... J'en ai même été toute joyeuse... car la fleur d'églantier est faite pour l'églantier...

(Christiane arrive par le sentier, à droite, portant sur son épaule une botte d'ajoncs qu'elle dépose près de la cabane).

CHRISTIANE, *à Lucia*

J'ai coupé les tiges les plus belles. Elles feront des nasses très solides... *(A Patrice).* Vous voici de retour, bon Patrice. Les splendeurs de la ville semblent des images bien laides lorsqu'on retrouve ce coin paisible, où la rivière chante.

PATRICE, *maussade*

Oui... Retourne donc couper tes ajoncs.

CHRISTIANE

Le soir descend, et je pensais qu'il était l'heure d'aider maman Lucia à faire le repas du soir... (*Lucia attire Christiane contre elle et l'embrasse*).

PATRICE

Assez de cajoleries, les femmes ! Crains-tu donc d'abîmer tes doigts dans les ajoncs. Le soleil n'est pas couché. Retourne, je te dis, couper les ajoncs. J'ai envoyé mon fils creuser la terre... ce n'est pas pour que toi, qui es pauvre, que nous abritons, tu te tournes les pouces...

CHRISTIANE, *s'élançant vers la droite*

Mais je veux bien, s'il le faut, même creuser la terre avec Franck...

PATRICE, *lui barrant le passage*

Non ! non ! Franck se passera bien de toi. Va de ton côté. Va couper les ajoncs... Nous t'appellerons si tu nous es utile...

(*Christiane, anxieuse et attristée, s'éloigne lentement, par le sentier, à gauche*).

PATRICE, *la suivant du regard jusqu'à ce qu'elle ait disparu, puis brutalement, à Lucia*

Réponds-moi ? C'est elle : cette folle, cette révoltée, cette fille qui a fui son père, c'est elle qu'il aime ?... Tu ne dis rien ?... Tu le savais, toi. Tu es leur complice. Et tu ne me l'as pas dit ; tu n'as rien fait ! Il fallait la chasser, cette étrangère, cette ingrate qui nous vole notre enfant, à nous qui l'avons sauvée, qui l'avons nourrie. Non, ça c'est impossible ! Non ! ils ne s'aimeront pas, non ! (*Menaçant*). C'est ta faute, insensée, stupide que tu es !

LUCIA

Patrice, rappelle-toi pourquoi Christiane a quitté sa maison ?

PATRICE

Pour rien... Une écervelée !

LUCIA

Songe à ce que Franck, à ce que tous deux peuvent faire, maintenant... que nos enfants...

PATRICE, *l'interrompant, soucieux*

Ils s'aiment, tu dis !...

LUCIA

Christiane est travailleuse et bonne. Leur cœur les protège et les conseille... Pour eux, ils ont la vérité...

(A ce moment Christiane revient, en se dissimulant derrière les arbres de la futaie, à droite).

PATRICE, *exaspéré*

La vérité ! la vérité ! Qu'appelles-tu la vérité ?... Ils ne s'aimeront pas, ils ne s'épouseront pas. C'est dit. Mon fils sera riche ; mon fils sera heureux ; mon fils épousera la fille de l'ingénieur. Il sera quelqu'un... Et quant à l'autre, cette écervelée, cette Christiane tombée du nid...

LUCIA, *cherchant à l'apaiser*

Tu sais bien, Patrice, que Christiane est une travailleuse.

PATRICE

C'est une enjôleuse. Si, par folie, elle s'est jetée sur la paille, je te dis qu'elle n'y entraînera pas notre fils. Demain, je mets le mariage dans le marché. L'ingénieur donnera sa fille à Franck, s'il veut toucher à mon charbon... Est-ce dit ? Je suis le plus fort.

J'oblige. Demain on signera ça sur papier timbré. Quant aux deux drôles, si je les surprends à minauder ensemble, je lui tords le cou, à elle... Perdre un beau jeu comme ça, tu n'y songes plus... Cette Christiane de malheur, je ne veux plus la voir... Chasse cette mendiante !

(A ce moment Christiane s'enfuit dans un geste douloureux).

LUCIA, *suppliante*

Patrice !

PATRICE

Fais cuire ta soupe. Je vais visiter mes mines, et dire deux mots à Franck. Je concluerai le marché, y compris le mariage, tantôt, avec monsieur l'ingénieur.

LUCIA, *l'implorant*

Patrice !

PATRICE, *s'éloignant*

Fais cuire ta soupe !

LUCIA

Tu feras beaucoup de mal à ton enfant, crois-moi, Patrice... Es-tu sûr que tes pro-

jets iront tout droit, que ces gens qui con-
naissent ta trouvaille...

PATRICE

Fais cuire ta soupe ! Toi, tu ne connais
rien de rien aux affaires...
(Il disparaît, à droite).

SCÈNE IV

LUCIA, *seule*

LUCIA, *appelant, éplorée*

Patrice ! Il ne se détourne pas... Patrice ! Mon Dieu ! Mais il réfléchira... il comprendra... il voudra qu'ils soient heureux... Surtout, oh ! surtout, ne leur fais pas de mal, pauvres petits ! Mais il faut que je leur dise, qu'ils sachent, qu'ils prennent garde !... Comment leur dire que... Non, ils souffriront. Je leur dirai de s'éloigner... Non, pas cela !... Je veux qu'ils restent près de moi... Oui, oui ! Patrice comprendra, il voudra qu'ils soient heureux. C'est moi... moi qui ai mal parlé pour eux, qui les ai mal défendus... (*Soudain*). Patrice et mon fils sont ensemble, là-bas. Franck supplie son père. Je le supplierai avec lui ! (*A genoux*). Sainte Madone qui protégez mon enfant, exaucez mes vœux ! Mariez Christiane et Franck, je vous en conjure... (*A cet instant, apparaît sur le sentier, à gauche, l'ingénieur faisant un signe*).

SCÈNE V

L'INGÉNIEUR. — LUCIA

L'INGÉNIEUR, *appelant*

Madame, s'il vous plaît ! (*Lucia se retourne, étonnée*). On m'a dit que M. Patrice Lubur demeurait ici. M. Patrice Lubur est-il de retour ?... Je suis l'ingénieur dont il vous a sans doute parlé. Je ne devais arriver que demain. Mais j'ai réfléchi... et je viens pour régler définitivement l'affaire, dès ce soir.

LUCIA, *égarée*

Monsieur... Oui... Mais... Mon fils... mon mari... Ah ! (*Elle couvre son visage de ses mains*).

L'INGÉNIEUR

Je comprends votre trouble, Madame... On ne devient pas riche sans émotion... Surtout...

LUCIA, *d'une voix étouffée*

Mon Franck ! mon enfant !

L'INGÉNIEUR

On s'accoutume à tout, Madame, et à la richesse mieux qu'à la misère. Mais, pardon, j'ai hâte de voir votre mari. Sans doute n'est-il pas retourné à la pêche ; non, c'est peu probable, car... sa fortune est faite...

LUCIA, *se redressant, farouche*

Sachez, étranger, que mon fils Franck aime Christiane. Et c'est Christiane qu'il épousera.

L'INGÉNIEUR, *surpris et protestant*

Mais...

LUCIA

Maintenant, vous pouvez me suivre. Le pêcheur Lubur est par ici...

(Ils disparaissent à droite).

SCÈNE VI

FRANCK LUBUR. — CHRISTIANE. — LUCIA

FRANCK LUBUR, *accourant par le sentier, à gauche, les traits défaits et douloureux. Il va directement à la cabane, regarde autour de lui, écoute, puis appelle.*

Maman Lucia ? Christiane ?... Où sont-elles ? (*Il s'effondre sur les ajoncs, le front dans les mains*). Mon père m'a maudit ! (*Se ressaisissant*). Mais je suis prêt à souffrir. Les jours cruels, je les accepte. Je suis fort parce que je crois en l'azur... (*Il regarde silencieusement la cabane. — Christiane s'avance doucement dans le sentier, à gauche*). Il le faut. Je partirai. Christiane, où es-tu ? Maman Lucia ? (*Il se dirige vers la droite*).

CHRISTIANE

Franck !

FRANCK, *fixant le lointain, sans entendre*

Pauvre maman !

CHRISTIANE, *s'approchant de lui*

Pouvons-nous quitter maman Lucia ?
(Une sorte d'incantation s'élève dans la plaine).

FRANCK

C'est comme une âme qui m'appelle... J'irai.

CHRISTIANE

Alors, ta cabane, ta forêt, ta rivière, tu vas les quitter... maman Lucia aussi ?

FRANCK, *se détournant soudain et lui saisissant les mains*

C'est vrai ! Maman et, toi, Christiane... Mais, ne me suivrais-tu point ? *(Empêchant sa réponse par un geste ; puis songeur :)* Non, les cruautés s'acharneront contre moi. Je dois te les épargner ; tu ne dois pas souffrir, toi. Demeure ici...

CHRISTIANE, *résolument*

Je te suivrais. Je souffrirais ce que tu souffrirais... Mais, Franck, notre pauvre maman Lucia !

(A ce moment, Lucia s'avance, haletante, sur le sentier, à gauche. Elle s'arrête, hési-

tante, avant d'être aperçue par Franck et
Christiane).

FRANCK

Oui, Christiane, tu as raison. Ne partons
pas. C'est impossible.

LUCIA, *éperdue*

Ecoutez ! Votre père revient avec cet homme. Ils n'ont pas voulu m'entendre. Pre-
nez garde !... Secourez-moi, mon Dieu !...
Vite. Ils vont conclure leur marché... S'il
vous aperçoit toi, elle... Oui... il le faut, il
le faut... partez ! Mais vous reviendrez, di-
tes ? Mes pauvres chéris ! (*Se détournant
vers la gauche d'où viennent des voix et des
rires*). Ah ! Fuyez ! fuyez ! je vous en supplie !

*(L'incantation s'élève, plus enveloppante.
Franck et Christiane se jettent dans les bras
de Lucia qui douloureusement les écarte
d'elle, en leur montrant le sentier, à droite.
Ils fuient.*

*A gauche, Patrice Lubur apparaît, cau-
sant et riant avec l'ingénieur. Lucia s'est af-
faissée à l'entrée du sentier où Franck et
Christiane ont disparu).*

RIDEAU

ACTE TROISIÈME

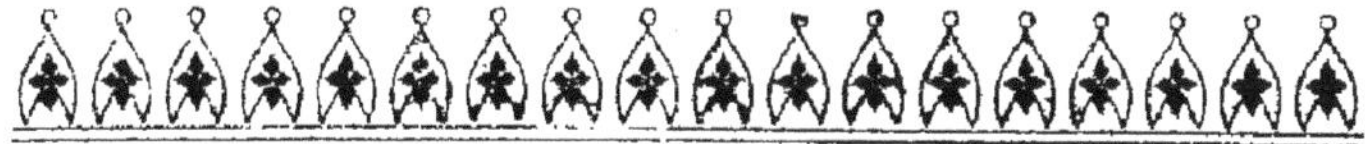

ACTE TROISIÈME

DEUXIÈME DÉCOR

C'est au bord de la mer.

Intérieur d'une cabane de pêcheur, cons-truite sur le sommet d'un rocher. Une fenê-tre au fond, laissant voir du ciel très bleu et entrer du soleil. Une porte oblique, au deuxième plan, à droite, s'ouvre largement sur l'horizon et sur la mer. Par cette porte on distingue un sommet rocheux où poussent des bruyères et quelques herbes, puis les deux branches d'une grande croix plantée sur le flanc du rocher. La mer se devine en bas. C'est par un beau jour. L'intérieur de la cabane est lumineux. Il y a des bouquets de bruyère et de longues herbes disposés, çà et là. Dans un angle un grand lau-rier vert tout fleuri. Au long du mur, une armoire vitrée portant des livres. Dans un autre angle, une table chargée de papiers et de livres. Au-dessus de cette table, les bus-

tes d'Alfred de Vigny et de Lamartine. De grands rideaux voilent une alcôve. Dans un autre coin, des filets de pêches, des agrès de bateau ; pendu au mur, un costume de pêcheur.

Pour cet acte, Christiane est drapée dans une étoffe simple, un peu à la façon grecque. Ses cheveux séparés en bandeaux tombent sur ses épaules.

ACTE TROISIÈME

SCÈNE PREMIÈRE

CHRISTIANE, seule

CHRISTIANE, *assise à la table, écrivant,*
puis lisant

... Votre dédain pour moi monte de votre nuit...
Et ma clarté pardonne à vos voix épuisées...
Car l'âme aux yeux d'azur épouse mes pensées ...

Mon Franck ! ta Christiane écrit, chaque
jour, ce que tu inventes, parmi les voix des
flots, tes pieds nus sur ta barque, en tirant
avec tes bras robustes les lourds filets... On
dirait que le labeur de tes bras exalte ta pensée... (*Elle se lève et ouvre l'armoire pleine
de livres et de manuscrits*). Toutes les pages
claires, que depuis six années j'écris
sous ta dictée, sont là... (*Elle s'agenouille et prend quelques manuscrits*). Ce sont
nos trésors... Ce sont nos enfants, nos beaux
enfants harmonieux qui ont des âmes de lumière !...

(*On entend, venant de la mer, le chant
d'un pêcheur, lointain d'abord. Christiane
se dirige vers la porte*).

C'est lui qui chante... (*Le chant devient plus distinct*). Non, c'est le vieux Jean-Louis... Que chante-t-il ? (*Elle écoute, un instant dans la lumière de la porte. On entend cette chanson de pêcheur :*)

> *Qu'importe le vent*
> *Qu'importe l'orage...*
> *Si tu vas craignant,*
> *Regarde la plage...*
>   *O-hé !*
>
> *Sous la vague énorme,*
> *Regarde le ciel...*
> *Où les marins dorment*
> *Leur somme éternel...*
>   *O-hé !*

(*Le pêcheur reprend, en s'éloignant, la première strophe de la chanson, pendant que Christiane revient vers la table*). Tous chantent les chansons que Franck leur apprend, les chansons qu'il fait, pour eux, et qui les aident à combattre contre la mer... (*On entend, lointaine, la fin de la chanson du pêcheur*).

> *Hardi ! matelot,*
> *Car on dort, là-haut,*
> *Au coin d'un bon feu*
> *Dans un hamac bleu...*
>   *O-hé !*

CHRISTIANE, *après avoir parcouru les pages qu'elle a copiées, contemplant les filets, les agrès et le costume de pêcheur*

Combien ils se trompent tous ceux qui nous ont chassés, raillés, insultés, en disant que ton rêve nourrissait ta paresse, et que tu étais un passant inutile ! Voici tes filets, tes agrès, ton dur vêtement de toile. Chaque jour, le vent mord ta chair, le flot te flagelle et te crache au visage et te souille, tu es couvert d'écume et de boue ; mais la fleur de ton idée fleurit, quoique tu saches gagner notre pain. Tu as construit toi-même cette cabane ; tu as construit ta barque, tu as maillé tes filets ; tu portes sur tes épaules les fardeaux gluants de ta pêche... (*Prenant le manuscrit sur la table*). Cependant tu viens de créer ce drame. Ta pensée s'élève comme un grand albatros qui, montant, montant, disparaîtrait au plus haut du ciel... Va, ton œuvre est transcrite, bien aimé... Je te la relirai, dans la barque, pour nous deux seuls, loin, sur la mer, demain, au soleil levant... (*Elle se dirige vers le laurier dont elle bêche la terre et dont elle essuie les feuilles avec des gestes pieux*).

Un voyageur apparaît, au dehors, sur le rocher.

SCÈNE II

CHRISTIANE. — LE VOYAGEUR

(Christiane va prendre le costume de pêcheur pendu au mur, elle s'assied sur un escabeau et examine le vêtement pour le réparer. Alors le rythme de la mer s'élève).

CHRISTIANE

Et maintenant, mon bien-aimé a dans son cœur le beau rythme de l'océan... Jadis, il y berçait la chanson des prairies et des forêts... *(Le rythme de la mer s'élargit. Le voyageur s'est avancé, sans bruit, jusqu'au seuil de la porte. Il écoute et observe avec un étonnement ravi l'intérieur de la cabane et Christiane — Christiane, tout en cousant, à elle-même :)* Alors, seul, il allait sous les arbres où le vent pleure... Un songe recouvrait son âme inquiète... Seul, il allait dans les sentiers que la lune attriste...

(Le rythme de la mer semble peu à peu s'éloigner).

LE VOYAGEUR, *hésitant, puis frappant contre la porte*

Pardon... Madame... Tant d'humanité simple mêlée à cette musique, à votre voix, à tout ce qu'il y a ici d'étonnant... J'hésite... Pardonnez-moi ! Je suis audacieux... Il me plaisait de m'avancer sur cette plage isolée. J'ai aperçu cette cabane, du fond des rochers, là-bas. Je suis venu, à la fois par curiosité et par fatigue. J'ai pensé que cette demeure, campée si haut, devait être un refuge bienfaisant...

CHRISTIANE, *souriante, qui s'est levée en lui faisant signe d'entrer*

Monsieur le voyageur, vous êtes ici chez le pêcheur Franck. Je suis sa femme... (*Elle l'invite à s'asseoir*). Que pouvons-nous pour vous ? Peut-être vous êtes-vous égaré sur cette plage ignorée ?

LE VOYAGEUR

Oui, et j'en suis ravi...

CHRISTIANE

Peut-être, désirez-vous...

LE VOYAGEUR, *qui semble poursuivre
un songe*

Oui... Je cherche, au gré des routes... Je cherche ce qui n'est pas faux ; je fuis des fétiches ; je m'évade des ridicules ; je cherche quelque chose de vrai... (*Il hésite*). Mais...

CHRISTIANE

Je vous écoute. Je suis heureuse de vous entendre, croyez-le.

LE VOYAGEUR

Je vous remercie... Je n'hésite pas à vous croire. J'ai découvert votre solitude après bien des heures de marche, loin de la ville ; elle m'est douce...

CHRISTIANE

Mais vous êtes fatigué. Nous possédons peu... Cependant nous avons de la boisson d'orge, et il fait chaud...

LE VOYAGEUR

Il me suffit d'être assis dans cette fraîcheur claire pour oublier ma fatigue... Cette cabane, vous l'habitez depuis longtemps ? vous l'habitez toujours ?

CHRISTIANE

Nous l'habitons depuis six années ; nous y demeurons en toute saison.

LE VOYAGEUR

Ne trouvez pas indiscrètes mes paroles... Intrigué... je comprends que... quelque chose d'exceptionnel se cache en ce refuge...

CHRISTIANE

Notre mystère est simple. Nous vivons selon notre cœur, alors nous n'avons pas de convoitises, mais nous connaissons des aspirations lumineuses comme de beaux jours. Elles nous tendent la main et nous leur donnons la main... Nous ne fermons pas les ailes de notre cœur. Nous les ouvrons toutes grandes ! C'est tout.

LE VOYAGEUR

Mais, votre mari ?

CHRISTIANE

Franck Lubur, mon mari, pêche au loin, sur ces vagues. Il est parti avec la mer montante ; il reviendra avec la mer descendante.

LE VOYAGEUR, *observant Christiane avec une curiosité croissante*

Vous êtes fille de marin, sans doute ?

CHRISTIANE

Je ne suis pas fille de marin.

LE VOYAGEUR, *comme à lui-même*

Ces livres, ces papiers, ces bustes... chez un pêcheur ?...

CHRISTIANE

La vie entraîne les existences à son gré. Son gré nous entraîna jusqu'ici... Mais nous avons oublié ce que nous aurions pu être, pour aimer ardemment ce que nous étions. Cela nous suffit. Oui, nous sommes heureux. Mon mari affronte le grand vent de la mer ; je veille à ce qu'il lui faut... Puis, quand le jour tombe, au rythme des vagues qui monte et pénètre ici, j'écris ce qu'il me dicte...

LE VOYAGEUR, *de plus en plus intrigué et ému*

Des chansons... des refrains, peut-être ?...

CHRISTIANE

Mieux et plus que cela... Mais, puisque le

soleil et la marche vous ont fatigué, laissez-
moi aller chercher pour vous une amphore
de boisson d'orge. Elle est là, au frais des
mousses, sous les rochers... (*Elle sort*).

SCÈNE III

LE VOYAGEUR, *seule, puis* CHRISTIANE

LE VOYAGEUR

Ici... harmonie ! bonheur ! Intéressante, cette aventure... La poésie s'exile à la lisière du ciel... Il y a bien longtemps que je ne l'avais pas rencontrée. (*Tout en se parlant à lui-même, il a jeté par hasard les yeux sur le manuscrit laissé sur la table, et l'a parcouru. Il s'intéresse soudain à sa lecture*). Tiens ! cette phrase... Bien... Oui... ! De larges pensées... C'est curieux... Là, cette envolée... ce rythme... et une action attirante... (*Christiane revenant, portant l'amphore sur sa hanche, s'arrête sur le seuil de la porte et écoute*). Un vrai drame... Le titre ?... *Une âme veille...* Une âme ? On n'y croit plus ! Qu'importe ! On y croyait hier. On y croira demain... Quelle splendeur du verbe !... C'est fabuleux, mais vivant... Et c'est un pêcheur !... Mais c'est une découverte... Il faut jouer cette pièce... Elle sera jouée... Je la monterai... C'est un succès certain, un triomphe pour mon théâtre... Et quel bruit, quel scandale ! Ah ! tous nos fournisseurs de formules, voilà votre maître... votre maître, c'est le pêcheur Franck Lubur... Oui, je jouerai ce drame...

CHRISTIANE, *les larmes aux yeux*

Ecoutez... Pardon !...

LE VOYAGEUR, *se détournant, surpris, puis la regardant avec une sorte d'admiration*

Mon enfant...

CHRISTIANE, *vivement*

Vous êtes directeur d'un théâtre ?...

LE VOYAGEUR

Oui, d'un grand théâtre... En m'égarant ici, j'ai découvert ceci... (*Avec une émotion contenue*) un chef-d'œuvre !

CHRISTIANE, *ardemment, saisissant le manuscrit*

Un chef-d'œuvre ! Oui, n'est-ce pas que c'est un chef-d'œuvre ? Il sera joué...

LE VOYAGEUR, *allant vers elle et prenant sa main*

Sois fière ! Ton marin est un maître...

CHRISTIANE, *pleurant de joie*

Franck ! mon grand Franck !

LE VOYAGEUR, *la main sur l'épaule de Christiane l'accompagne jusqu'à la table où elle dépose l'amphore. Elle verse la boisson dans les gobelets puis s'approche du laurier).* Ecoute, mon enfant... J'aime le talent ; je voudrais servir généreusement le génie, le vrai génie, celui qui est autre chose qu'une idole consacrée par une enseigne. Mais il y a des nécessités, des contraintes matérielles inéluctables. L'argent... *(Christiane ne peut réprimer un geste, le voyageur, l'observe, puis lui prend les mains).* Tu as donc connu les réalités, toi.

CHRISTIANE, *désemparée*

Hélas ! Nous ne saurions vous donner quelque argent... Nous n'avons pas d'économies.

LE VOYAGEUR

Sois rassurée. L'œuvre de ton mari est une belle œuvre, un chef-d'œuvre ; — mais elle est aussi, je te l'avoue, l'occasion superbe, et opportune, d'un heureux scandale ; comprends-tu ?... Je dois te parler en homme de théâtre : C'est aussi une bonne affaire !

CHRISTIANE, *anxieuse*

Alors... vous jouerez son chef-d'œuvre ?

LE VOYAGEUR

Il faut qu'il soit joué. Je le ferai jouer ; je m'y engage. Donne-le moi.

CHRISTIANE, *se hâte, joyeuse, et prend le manuscrit. Puis elle se ravise, hésite et le presse contre son cœur, maternellement*

Permettez-nous, à Franck et à moi, de vous le porter demain ?

LE VOYAGEUR

Soit... (*Il s'assied et écrit*). Mais tu me promets de me le remettre et de ne le remettre qu'à moi-même ?

CHRISTIANE

Je vous le promets.

LE VOYAGEUR, *tendant un papier à Christiane*

J'ai pris acte par écrit de nos paroles. Fais signer ceci à ton mari et apporte-le moi. Je compte sur toi. (*Sur le seuil de la porte*). Et surtout, à bientôt ! Tu es heureuse ?

CHRISTIANE, *émue*

Très heureuse ! Merci de tout mon cœur.

LE VOYAGEUR

Vraiment, hôtesse charmante, nous avons fait une bonne affaire et servi, par miracle, la cause de la poësie. (*Il s'éloigne en répétant : A bientôt !*)

SCÈNE IV

CHRISTIANE, *seule, glisse le papier dans sa ceinture et, songeuse, ouvre le manuscrit. Elle lit et peu à peu son visage s'illumine.*

(On entend les voix de Jean-Louis et de Franck Lubur, à la cantonnade).

LA VOIX DE JEAN-LOUIS, *venant de la mer, à la cantonnade*

O-hé ! adieu Franck !

LA VOIX DE FRANCK, *à la cantonnade*

O-hé ! adieu Jean-Louis !

LA VOIX DE JEAN-LOUIS

Le courant se fait fort... Faut tous mes muscles... La barque est lourde... (*Chantant*) :

> *Hardi ! matelot,*
> *Car on dort là-haut,*
> *Au coin d'un bon feu,*
> *Dans un hamac bleu...*
> *O-hé !*

LA VOIX DE FRANCK, *se rapprochant*

Hardi ! Jean-Louis ! Le vent s'élève et t'aidera... Un bon lit t'attend... A demain...

LA VOIX DE JEAN-LOUIS, *s'éloignant*

A demain, Franck... Toi, mon gars, de beaux bras blancs t'endormiront... (*Reprenant le refrain, en s'éloignant de plus en plus*).

> *Hardi ! matelot,*
> *Car on dort là-haut,*
> *Au coin d'un bon feu,*
> *Dans un hamac bleu...*
> *O-hé !*

CHRISTIANE, *baisant le manuscrit qu'elle pose sur la table*

Il revient... Oh ! quelle surprise pour lui ! (*Elle relit hâtivement le papier et le cache dans sa ceinture*). Combien nous allons être heureux ! Il revient... J'ai hâte de lui dire la bonne nouvelle... Oui, ta gloire, nous la conquerrons. S'il faut vaincre notre pauvreté, je trouverai des richesses dans mon cœur !

SCÈNE V

CHRISTIANE. — FRANCK

*(La musique de la mer monte peu à peu,
comme si elle faisait escorte à Franck, gra-
vissant le rocher. On l'entendra, pendant
toute cette scène, sur un thème tantôt lointain, tantôt plus élevé et se modelant sur les
paroles de Christiane et de Franck).*

FRANCK LUBUR, *apparaît portant des filets et
des voiles sur l'épaule. A Christiane qui
pour cacher son trouble, ne semble point
le voir :*

Christiane ? Où donc est-elle ma bien-aimée ?... (*Il dépose son fardeau sur les filets,
dans l'angle*).

CHRISTIANE, *courant vers lui*

La voici... Tu n'as rencontré personne ?

FRANCK, *s'asseyant et asseyant Christiane
sur ses genoux*

J'ai rencontré le vieux Jean-Louis. Son

gosier était plein de chansons et ses bras pleins de force. Ne l'as-tu pas entendu chanter ?

CHRISTIANE

Tu n'as pas rencontré, au bas du sentier, un étranger... et tu n'as pas aperçu, sur la plage toute dorée, son ombre lointaine ?

FRANCK

Je n'ai rien vu que tes yeux au fond du ciel et tes blanches caresses sur les vagues... J'ai vu, de là-bas, le Christ qui, là-haut, veillait sur ton âme radieuse... Un étranger est venu ?

CHRISTIANE, *avec enthousiasme*

Il est venu. Il te connaît. Il t'aime et t'admire. Il fera acclamer tes œuvres qui redonneront une âme aux pauvres gens qui n'ont plus d'âme...

FRANCK

Bien-aimée, les parfums de ton cœur t'enivrent.

CHRISTIANE, *pressante*

Ecoute-moi ! Cet étranger est directeur d'un grand théâtre...

FRANCK

Qu'ai-je fait ? Je t'ai confié mes pensées... Je ne savais rien. Je comprenais
seulement que la lumière livrait à l'ombre
un combat dans mon âme, et c'est toi qui
m'as révélé la musique des mots, l'expansion mélodieuse et sensible de mon esprit.
Tu es ma science.

CHRISTIANE, *s'élançant vers la table*

Mais ce drame, ton drame, est un chef-
d'œuvre ! Il sera joué, applaudi, triomphant !

FRANCK

Ce n'est qu'une confidence que je t'ai faite
et que ta petite main fidèle a voulu transcrire.

CHRISTIANE

Tu as créé... Tu es le génie. J'ai écouté et
recueilli.

FRANCK

Bien-aimée, qu'est-ce donc qu'un chef-
d'œuvre ? et qu'est le génie ?

CHRISTIANE

Un chef-d'œuvre... c'est ton drame ! Le
génie... c'est ta pensée !... (*Elle lui tend le*

papier caché dans sa ceinture). Tiens, lis, mon Franck... *(Tandis qu'il lit, elle lui entoure le cou de ses deux bras).* Franck, à la foule errante, tu as le devoir de faire la charité. Ils ont le droit, tous ces aveugles, de boire à grands traits ta lumière. Pour eux, sème des beautés : la croyance, l'harmonie, que sais-je ? ton âme tout entière. Si tu es glorieux, ils viendront vers toi, ils te désireront, ils t'appelleront, ils voudront te comprendre : tu les rendras meilleurs...

FRANCK, *pensif, à lui-même*

Vers quelles erreurs irions-nous ?... *(A Christiane).* Ecoute l'incantation éternelle de la mer, élève tes yeux vers l'azur qui dépasse ma plus large pensée de tout son infini... et ne parlons plus de l'harmonie passagère de mes chansons ! *(Il froisse dans ses doigts le papier donné par Christiane qu'il attire contre lui en lui montrant la plage).* Vois la plage qui ondule, s'épanouit, flotte et songe, qui s'éveille avec des cantiques et s'assoupit avec des prières ; vois comme elle est ardente, fluide, pâmée ; vois ses sables tièdes et profonds, sa chevelure éparse d'algues, de varechs, d'herbes somptueuses ; vois sa ligne flexible courbée comme celle de ton corps sous mon baiser... contemple la mer changeante, pleine de regards, de voix, gonflée d'hymnes divins, la mer qui va, vient, caresse ou frappe, gémit ou hurle, la mer inspiratrice... Cette plage, cette mer, ma Christiane, nous retiennent près du ciel ! Gardons-nous de les quitter... Ils nous protègent.

CHRISTIANE

Mais Franck, l'étranger veut te conduire vers des égarés qui ont besoin de se nourrir de ton cœur et d'entendre ta voix...

FRANCK, *avec tendresse*

L'étranger a pu se tromper... Mais, s'il est vrai que mes chansons puissent apaiser les révoltés, prends mes chansons et donne-les toutes au voyageur, afin qu'il les distribue à son gré.

CHRISTIANE, *s'emparant des manuscrits*

Viens ! emportons tes œuvres. Il ne faut plus attendre. Et si le voyageur ne revenait pas ?

FRANCK, *doucement*

Pourquoi le regretterions-nous ? Mes chansons ont été faites sur les vagues, parmi ces rochers, et pour toi. Qu'ils montent jusqu'à ces vagues, jusqu'à ces rochers et jusqu'à nous, ceux qui ont le désir de bien les entendre et de les comprendre bien !

CHRISTIANE

Ils ne viendront pas. Ils t'ignoreront.

FRANCK

Pourquoi nous en soucier ? Bien-aimée, je t'en supplie, demeurons ici... (*Plus tendrement*) La gloire sonore vaut-elle donc un seul de nos baisers sous le chant des vagues ! vaut-elle les confidences qui, pour nous, montent des flots et descendent du ciel. Ici, je t'ai mieux comprise et mieux aimée. La vie est belle, ici ; n'est-elle point laide, ailleurs ?

CHRISTIANE, *attristée*

J'aurais su lutter et vaincre la vie... mais je te voulais glorieux !

FRANCK

Ne crains-tu pas, que de son talon bruyant la gloire ne meurtrisse nos cœurs !... Pourquoi retourner à ce que nous avons fui, être ingrats envers ce refuge qui nous a accueillis ?

CHRISTIANE

Tu trahis peut-être ton devoir de poëte !

FRANCK

Je ne le trahis pas. Je continue à chanter,
selon mon cœur, librement. Et je fais mon
devoir de pêcheur.

CHRISTIANE

Je te voulais glorieux... J'aurais été heureuse, très heureuse...

FRANCK, *hésitant, puis douloureusement*

C'est vrai... Tu n'es pas heureuse... Non,
non, Christiane, tu n'es pas heureuse... Moi,
je ne suis qu'un pêcheur. Mon luxe, c'est la
beauté du ciel, l'éclat du soleil, toute l'éten-
due indomptée et magnifique... Mais, toi,
la fortune que tu as connue te séduit.

CHRISTIANE

Franck !

FRANCK

J'ai honte de mon égoïsme. Tu as des
épaules blanches et des bras délicats. Notre
pauvreté est pesante et longue. Ta beauté et
ta grâce méritaient les richesses...

CHRISTIANE, *angoissée*

Franck !

FRANCK

Je le comprends, maintenant. Dans le bonheur de mon amour, j'ai méconnu ton bonheur. Il est différent du mien, Christiane... Oui ! Partons ! Essayons d'être riches ! Je te veux très heureuse ! (*Il s'élance au dehors*).

CHRISTIANE, *suppliante, sur le seuil de la porte*

... Glorieux parce que je t'aime ! (*Dans un sanglot*). Il ne croit plus à notre bonheur ! Franck !

SCÈNE VI

LES MÊMES

FRANCK, *revenant vers Christiane
et l'étreignant*

Vois-tu, tes paroles m'ont inquiété... Cependant tu parlais avec ton cœur. Je suis un marin. Je suis rude. J'ai tort...

(Il fait quelques pas, songeur, les yeux à terre. Puis il se tourne vers le Christ et fixe la croix. On l'entend murmurer à mi-voix :)

... Descendre vers la foule ?

(Christiane se met à genoux, face au Christ).

SCÈNE VII

PATRICE LUBUR, (*en mendiant*). — FRANCK LUBUR. — CHRISTIANE

LA VOIX DE PATRICE LUBUR, *montant du bas du rocher, éplorée, et mêlée à la voix des flots*

Sauve-moi, Christ-Sauveur, sauve-moi ! A mon secours !

CHRISTIANE, *apeurée*

Franck !

FRANCK

Est-ce l'humanité qui vient vers nous ?...

LA VOIX DE PATRICE LUBUR, *se rapprochant*

Aie pitié ! Je te rencontre au bout de ma route, dans ce désert où je vais mourir seul en maudissant mes jours... Pardonne-moi !... aide-moi à mourir ! J'ai ignoré ce qui est vrai... Pardonne-moi et ensevelis-moi !... (*A ce moment il apparaît au haut du rocher*).

CHRISTIANE

C'est un mendiant qui pleure !

FRANCK

C'est un corps qui retrouve son âme.

CHRISTIANE, *sur le seuil de la porte, appelant*

Vieillard !

FRANCK, *attirant Christiane contre lui, au
mendiant*

Entre, vieillard... Dans cet asile tu dormi-
ras sous notre garde.

PATRICE, *farouche, les fixant un instant*

Même ici... encore des hommes !... (*Après
avoir regardé Franck avec obstination, s'a-
vançant vers lui, comme fasciné, et posant
sa main crispée sur son épaule*). Qui est-tu,
toi ?

CHRISTIANE, *effrayée et protégeant Franck*

Prends garde, bien-aimé ! Ce mendiant...
son regard...

PATRICE, *obstiné*

Qui es-tu ?

FRANCK, *posant doucement sa main sur
l'épaule du mendiant*

Le pêcheur Franck, chez qui tu n'auras

plus rien à craindre... Christiane, apporte-lui de la boisson.

PATRICE, *s'effondrant douloureusement aux pieds de Franck, le front à terre*

Pardonne-moi... mon enfant !...

FRANCK, *tendant la main à Christiane*

Christiane !... c'est notre père !

PATRICE, *se relevant, puis se jetant sur les filets amoncelés*

Merci !

(*Christiane et Franck, se mettent à genoux de chaque côté de lui. Le vieillard pose une main sur la tête de Franck*). Mon enfant qui as su rester le fils d'un pêcheur... (*Son autre main sur la tête de Christiane*) et toi, qui es demeurée la compagne de mon enfant... (*Christiane verse la boisson dans un gobelet*) comme vous avez raison !

FRANCK, *angoissé*

Mais... notre mère ?...

PATRICE, *défaillant*

Elle vous a bénis... Elle m'attend... (*Se redressant dans un sursaut*). Ils m'ont pris tout... J'étais riche... Ils m'ont ruiné... ils m'ont volé mon charbon, mes mines, mon argent, tout... Ils se sont gorgés des richesses que, moi, sans eux, avec ma pioche, j'avais trouvées... Ils m'ont dit avec des sourires et des paroles sournoises : Guide-nous vers ton charbon... Nous t'aiderons... Nous travaillerons avec toi... Nous te rendrons riche... Que peux-tu maintenant sans nous ! Et ils ont abattu la forêt, ma cabane, digué la rivière... ils ont possédé ma terre... puis ils m'ont méprisé, vaincu, déshonoré... et j'ai dû fuir, seul, la mort sur mes pas, maudit par la lumière, les oiseaux, les eaux courantes, les forêts, les horizons... Ma seule paix — et ma torture aussi — était le souvenir de vos regards clairs et de vos chansons. Mais vous voilà... (*A Franck*) Mon fils, donne-moi ton front. (*A Christiane*). Ma fille, donne-moi ton front. (*Haletant*). Mes enfants ! Mes petits ! (*Il retombe sur les filets*).

FRANCK

Père, écoute-moi ! tu vivras ! Tu viendras avec moi, sur ma barque. Nous lèverons les filets comme autrefois....

PATRICE

Comme autrefois !...

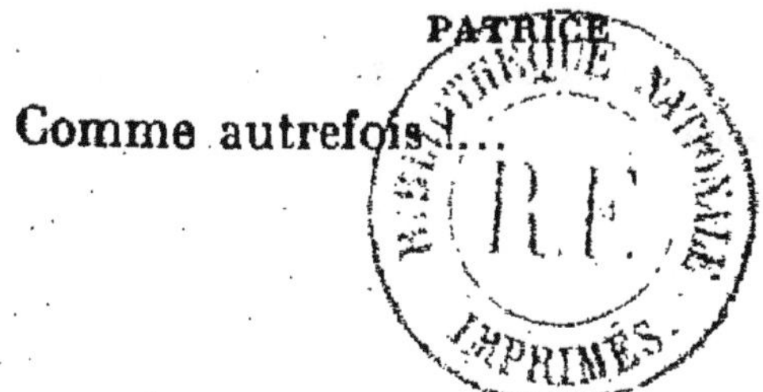

CHRISTIANE

Père, je vous ferai de bonnes soupes, comme autrefois...

PATRICE

Comme autrefois... Christiane... Franck. Je m'endors pour mieux m'éveiller... (*Les attirant contre lui*). Bercez-moi... Franck... Christiane...

(La musique de la mer chante doucement).

(Le vieillard se soulève dans un effort suprême, A Franck :) Mon fils, reste... reste le pêcheur Franck, ici... (*Désignant un horizon imaginé, du côté opposé à la mer*). Làbas... autre part... je ne sais plus où... c'est l'erreur... c'est la mort...

(Dans le lointain, sur la mer, on entend le refrain du pêcheur Jean-Louis :)

> *Hardi ! matelot,*
> *Car on dort là-haut,*
> *Au coin d'un bon feu,*
> *Dans un hamac bleu...*

PATRICE, *la face lumineuse, écoute, puis prononce lentement*

Je vois... je vois toutes les vérités qui ouvrent leurs ailes !

(Il retombe mourant sur les filets.

Franck et Christiane, à genoux près du vieillard, ont la main levée vers le Christ).

(Tandis que le rideau tombe, on entend, plus lointain, le refrain du pêcheur Jean-Louis) :

> *Hardi ! matelot,*
> *Car on dort là-haut,*
> *Au coin d'un bon feu,*
> *Dans un hamac bleu !*

RIDEAU

(Paris, 1910-1911-1912).

Achevé d'imprimer dans les Ateliers de l'imprimerie

de LA RENAISSANCE CONTEMPORAINE

PERRETTE, 7, *Cours Jourdan, 7, Limoges*

le 12 Mars 1912

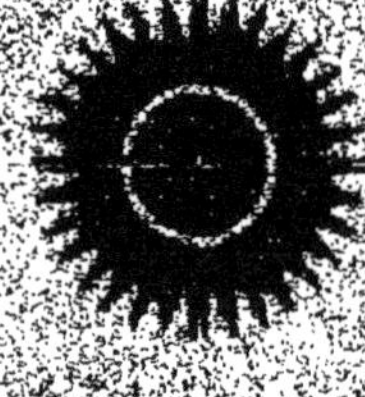

www.ingramcontent.com/pod-product-compliance
Ingram Content Group UK Ltd.
Pitfield, Milton Keynes, MK11 3LW, UK
UKHW021742090726
13657UKWH00002B/861